그대가
꽃이라서 좋다

그대가 꽃이라서 좋다

1판 1쇄 발행 | 2017년 7월 10일

지은이 | 이기원
발행인 | 이선우
펴낸곳 | 도서출판 선우미디어

등록 | 1997. 8. 7 제305-2014-000020
02643 서울시 동대문구 장한로12길 40, 101동 203호
☎ 2272-3351, 3352 팩스: 2272-5540
sunwoome@hanmail.net
Printed in Korea ⓒ 2017. 이기원

값 10,000원

이 도서의 국립중앙도서관 출판예정도서목록(CIP)은 서지정보유통지원시스템
홈페이지(http://seoji.nl.go.kr)와 국가자료공동목록시스템(http://www.nl.go.kr/kolisnet)에서
이용하실 수 있습니다.(CIP제어번호: CIP2017015099)

ISBN 978-89-5658-523-9 03810
ISBN 978-89-5658-524-6 05810(PDF)
ISBN 978-89-5658-525-3 05810(E-PUB)

그대가 꽃이라서 좋다

이기원 시집

선우미디어

여기 사람꽃 되어

살아있다는 것은 참 아름다운 일이다
꽃이 아무리 아름다운들 사람꽃만 하랴

초등학교 어린 시절
광목천에 십자수를 놓았다
내 사는 동안 십자수처럼 살아보고자 했다
앞면엔 하늘 구름 꽃 새를 오색실로 수놓고
뒷면엔 일렬횡대로 질서 정연히 서 있는 색실들
바늘 끝으로 찔리고 찔린 광목천에
피워 올린 그 세상처럼 살아보고자 했다

예순넷에 시작한 나의 시어들
오늘도 바늘귀에 오색실 꿰어
찌르고 또 찌르며 한세상 수를 놓아
사람이 사람을 사랑하는 꽃이 되면 좋겠다.

2017년 6월 어느 날에
이기원

2부 그대가 꽃이라서 좋다

3부 고물상에서

4부 그 사람

1부

동그라미

재래시장

사람이 그리워 허기진 날엔
재래시장으로 오세요

얼크러지고 설크러진
소설 같은 사연이

생선가게 자판 위에서
비릿하니 익어갑니다

마디마디 관절에
아픈 염증 기르는 아지매
인정사정없이 고등어 배를 가르고

내장마저 구정물통에 던져버린
고등어 한 마리

내일은 낯선 사람들의 밥상 위에
예쁜 모습 꿈을 꾸고

사람이 그리워 허기진 날
재래시장 한복판에서
할복당하여
내장 다 빼버린 고등어가 됩니다.

열무김치

쓰~윽 쓱
삶의 세월만큼
찌그러진 알미늄 양재기에
쉬어터진 열무김치 한 줌 넣고
식은 밥 한 숟갈
인생사처럼 매운 고추장 듬뿍
거기다 눈물 한 방울 넣고
쓰윽쓱 비빈다

세상사 다 잊어두고
입이 터져라 먹는다
먹는 건지 퍼 넣는 건지 모르겠다

시큼하고 매콤한 맛
눈물 한 방울 더 보태본다
밤은 왜 이리 길고
적막한지….

동그라미

앞으로 걸어가도
그 자리입니다
뒤로 돌아가도
그 자리입니다

모나지 아니한
그대 마음
내 마음입니다

그곳엔 태양도
달빛도 별빛도
예쁜 꽃 새소리 물소리
바람 소리
하늘 구름 다 있습니다

돌아가도 돌아와도
그 자리입니다.

북어

머언 바다 고향은
꿈 속에 있고
차가운 눈보라 온몸으로
견디는 긴긴 겨울밤

아궁이 군불 지피는
할배 사랑방 구들목엔
무시방구 솜이불 속에서
농익는 시간

갈라진 배 열어
비우고 비워내는
허기진 살점들
북풍이 쓰다듬고 간들
아물지 않는 살점들

겨울 햇살 뜨거운 그 눈빛에
말라버린 심장
인고의 세월 지나고

이 아침 그대
방망이질하는 몸뚱어리
얼마나 더 아파야
그대 밥상 위 눈물 같은
국그릇에 나 쉴 수 있으리.

숯가마에서

차곡차곡 맘을 쌓듯
참나무 덩어리를 세운다

가마에 활활 타오르는 불꽃
내 안의 나를 태우듯

아팠던 모든 것
희 로 애 락의 그 모든 것

이글이글
불꽃으로 타오른다

불꽃 사라진 자리
마음속에 몸속에

남아있는 미련의
찌꺼기
송알송알 땀과 함께
배출된다

이글이글 불꽃 사라진 자리
삶의 노폐물 배출하며

살자 살자
또 한 번 신명나게 살아 보자
저 불꽃처럼.

토란을 심으며

사월의 바람이
알싸하니 푸르다

영글어 가던 꽃봉오리들
피었다 지고

아픈 상처 딱지로 남은 자리
속 깊은 열매로 자라는 아침

여인네 속살 같은 고운 흙 속에
한 알 한 알 토란을 묻는다

가을이 오면
모진 풍우 견디어낸
내 사랑처럼

속으로 속으로
참고 견딘 사랑 품어
예쁘게 자라리라

뉘엿뉘엿 서산에 해는 지고
노을은
가슴으로 붉게 탄다.

토하

구겨진 길모퉁이 돌아
십이월의 댐 가 서슬 퍼런 바람은
마른 풀을 안고 울고 있다

황홀한 만찬
종소리 은은히 수궁에 울리고
물이 갈라진 계곡으로 찾아들었다

질긴 목숨줄
살아 보자 살아 보자
그곳이 지옥으로 가는 길이란 걸 몰랐다

꼬부라진 등 희푸른 너는
여린 발 들어 허공에 노를 젓는다

허기진 항아리 입을 열면
배를 채워
짠 소금에 절여져 파드덕 파드덕
세상맛을 절절히 본다

천둥이 울고 번개가 치고
작은 심장으로 팔딱이다
숨 몰아쉬다가
붉게 열반한다

스르르르륵.

뻐꾸기만 울더라

나른한 봄날
뒷집 새댁 호미 들고
나물 캐러 갔네

순희네 할배
무덤 뒤에 피어오르는
자운영 향기

한나절 무심한
뻐꾸기는 우는데
뒷집 새댁 보이질 않네.

배추흰나비

살아 보자고 살아 보자고
푸른 몸뚱이 꿈틀거리어
넓은 잎새에 숨었습니다

행여 들키면 경기하는 이른 새벽
무슨 약을 칠 거나

마디마디 굵은 손 하나
푸른 배춧잎 사이 가르면
더 푸르게 움츠러지는 가슴

간밤 무서리 견디고
먼 산 단풍 고운 아침
부신 햇살이 축복으로 쏟아지는데
하얀 날개 푸른 하늘 두둥실
날고 있음을 보았습니다.

춤추는 무녀다, 시인은

푸른 허공 한복판에서
춤을 춘다
청홍 색색 장삼 자락 휘날리며

불이 탄다
불이 탄다

가슴 안에 번뇌의 불길이다
오욕칠정의 불길이
끝없이 타오른다
풀어내야 산다
태워야 살겠다

이 불덩이를
무언가 쓰지 않고는
죽을 것 같다

작두의 푸른 칼날 위면
어떠하랴

낡을 수 없는 이 시어들
시인은 천 길 불 속을 걷는
무녀이며 박수다.

호미

마른하늘이 쩌억 쩍
갈라지는 가뭄

잡초는 힘차게
끝없이 웃자랍니다

비를 부르는 애절한
여린 생명들이 시들어갑니다

날 선 호미 한 자루 들고
묵정밭을 벅벅 긁어봅니다

뜨거운 가슴에 불을 지르듯
작은 돌멩이에 불꽃이 튑니다

잡초는 뿌리 밑에 또 뿌리가
있는 듯 자라납니다

사랑이여 사랑이여
잡초에 묻혀버린 사랑이여

여름 가고 가을 와도
또 다른 잡초 움터 자라나고

호미는 날 세워
마른하늘을 아프게 긁습니다.

포장마차에서

희미한 가로등 아래
허름한 포장마차에도
소리 없이 비 내린다

삶이 버거워 술 취한 사람들
나도 그 군중 속에 합류해
소주 한 병 오뎅 국물 시킨다

마셔보자 술아,
못 이기는 척 너한테 기대어보자
어질어질한 생

이 기분은 무언가
날 한 번만 돌아봐 주면 안 될까
이렇게 비척대는 날
한 번만 돌아봐 주면 안 될까

한 병이 두 병 되고
마셔도 마셔도 내 영혼은
초롱한 별빛이다

어디로 갈까
식어버린 오뎅 국물처럼
시들어버린 내 영혼아

비는 하염없이 내리고
텅 빈 포장마차에 빈 술잔
혼자 있는 긴긴밤이 싫어
불빛이 운다, 서러워 운다.

이것이 행복이구나

아하~
이것이 행복이구나
배불리 먹고
무념으로 따뜻한 아랫목에
뒹굴뒹굴

서방은 돈 벌러 가고
새끼들 짝 지워
분가하고
손자 손녀들
포도송이처럼
송알송알 열매 달고

아하 그렇구나
이 무료한 시간이
행복이었구나

온갖 잡생각 지우고
저녁 밥상에
닭볶음탕이나 만들까

서방님 돌아오면
닭볶음탕 안주 삼아
쓴 소주라도 한잔할까

아하~
이것이 행복이구나.

내 마음의 웅덩이

내 텃밭 가에
몇 년 전에 물웅덩이 하나
파 놓았습니다

지난해 봄에 와보니
이름 모를 개구리들
봄이 왔다고 한없이 울더이다

한 해 가고
마른 풀 서걱이는
웅덩이에 다시 와 보니
꽃송이 같은
개구리 알 몽실몽실
물 위에 떠 있으니

아직은
봄이 오기엔

이른 시간인가 봅니다

숨 못 쉴 것 같은 가슴 한복판에
웅덩이 하나 파봅니다
이곳에도 고운 생명
자라면 좋겠습니다

깊은 내 마음 웅덩이 가에
믿음 나무 한 그루 심고
사랑 나무 한 그루 심어

나무가 나무에게
우리 숲이 되어 살자 하면
참 좋겠습니다

내 마음 웅덩이에.

병실의 밤

검은 편지지 위에
하얀 연서를 쓰는 밤

잃어버린 날들의 조각들
은하로 흐르고

천리만리 별밭을 헤매는
허기진 영혼의 절룩거리는
뒷모습

간간이 신음 흘리며
돌아눕는 얼굴 얼굴들

병실의 밤은 깊고
머언 기억 저편 물망초꽃
피어나는 소리

병실의 밤은 깊어지고
환자복 주머니에 접어두는
아픈 지난날들.

어머니의 숲

어머니,
봄날 꽃보라 속에서
따뜻한 초록 바람 속에서
때 늦은 무서리 맞으며
유월은 그렇게 왔습니다

오월 뻐꾸기 울어 울더니
뻐꾸기 울음 조용해진
유월 한나절 장끼란 놈
꺼이꺼이 울다가
푸드덕 날아간 자리
까투리 한 마리 조랑조랑
꿩병아리 뒤 세우고
쪼르르 지나갑니다

어머니,
당신 누워계신 이 산항이
우주입니다
어머니의 이 숲에서
어머니를 보고
또한 어미의 길을 배웁니다

어머니
어린 날 당신 일찍 가시고
까투리처럼 어미가 되는 길도
본능으로 깨우친 세월이었습니다

어머니
오늘도 숲속은 뜨겁고 분주합니다
산언저리 고목 등걸 어디쯤
딱따구리가

신혼집을 짓나 봅니다

따다다 딱딱
따다다 딱딱
조용한 숲속을 시끄럽게 합니다

어머니
이 숲에 당신이 영원으로
머물러 있고
이 숲에 나의 오늘도
머물고 있습니다

어머니,
나의 어머니.

해후

산두릅 취나물 다래순
뾰족뾰족 싹틔우는
진한 봄날
순박한 사람들
지난봄 이별한
그리움 주우러
산으로 간다

비쫑비쫑 산새 소리
돌 돌 돌 물소리
새 생명 솟아나는 숨 가쁜 소리들로
봄 산은
지금 뜨겁고 분주하다.

새벽 강에는

십일월 스무날
인시에서 묘시로 가고
잠 못 이루며 뒤척이던 강은
검은 솜이불을 다시 끌어 덮고 있다

가로등 불빛 하나
살포시 그 속으로 들어가고
옆에 있던 잎진 가로수
함께 들어간다

차가 거꾸로 달리고
잠 못 이루던 새 한 마리
또 들어가 이 나무에서 저 나무로
가로등 불빛 아래
소리 내 가슴 후비며
거꾸로 날은다

검은 머플러 살짝
눌러 쓴 하늘
서쪽에 반짝이는
별 하나 꺼지지 않은
가로등에 내려앉는다

가로등은 별을 안은 채
이불 속으로 들어가고
작은 새 생명을 잉태하는
새벽이다.

새해 첫날

풋머슴아이처럼
머쓱한 얼굴로
쭈빗거리며 서 있는 그대

반가워 달려가
꺼안을 수도
손을 잡을 수도 없습니다

볼 붉히며 어머니
치마 뒤로 얼굴 숨기는
가시내로 그대 바라봅니다

이렇게 이렇게
봄꽃이 피면 귀밑에
꽂아주고

여름 소나기 지나가고
쌍무지개 동산에 걸리면
향이 고운 술 한 잔 손에 들고

가을 단풍 곱게
물드는 날은 손잡고
단풍 숲에 서서 서로 미소 짓고

솔숲에 하얀 눈
소복소복 쌓이는 겨울밤엔
촛불을 켜야겠습니다

낯선 첫날에
풋사과 같은 첫날에
부끄럽게 그대를 맞이합니다.

탈출

주섬주섬 버려진
삶의 조각들을 주워 모은다

가진 것이 아무것도 없다
절레절레 고개를 흔들어본다

콘크리트 두꺼운 벽
이 넘을 수도 부술 수도 없는 아득함

허공을 벅벅 긁어본다,
손톱 찢어지며 피 터지는 소리

얼얼한 심장에 날을 세우고
개구멍을 팔까 이 벽 부술까

날마다 날마다 시도하다
주저앉는 후줄근한 꼬라지.

먹감을 따면서

물 한 번 거름 한 번
준 적 없는데

이른 봄꽃 피우더니
뜨거운 여름 태양을 사랑했습니다

모진 비바람 다 견디고
불같이 태양을 사랑했습니다

당신의 뜨거운 사랑에
내 볼은 검게
숯이 되었습니다

이대로
재가 되어도 좋습니다
내 안의 당신은
붉디붉은 사랑이니까요.

고구마를 캐면서

팔월 뙤약볕 이글이글
지심을 달구어도
땅속 그곳에 생명들 소리 없이
자라 주었다

고구마순 지쳐 열반하듯
누워 있던 날
안타깝고 쓰라린 농부의 맘이사
누가 알꺼나

호미를 들고 파헤치니
발그레한 입술
이 목 구 비 아름다운
고구마가 주렁주렁
그래그래 생명은 위대하다

할아버지의 부지런함과
책임감을 배우고 싶다고
편지를 보낸 오 학년 손주를 생각하면
입꼬리 살짝 올라간다

끝없이 신비한 자연에 고개 숙이며
창조주의 권능 앞에
무릎을 꿇고 말았다

멀리 구월이 미소 짓고
구절초 요염하게 허리 흔들며
하늬바람에 눈웃음 보내는 한나절
숲속에 고라니 울음 들으며
평화로운 세상을 본다.

12월 어느 날

수많은 부들 꽃 하얀 솜털로
산골의 호수 위로 산비탈로 떠다니고

떡갈나무 작은 줄기들을
그 사내는 정신없이 자르네

봄이 오면 여린 아가의 주먹 닮은
고사리를 자라게 하려 하네

땅속의 생명들 눈뜨고 바라보네
삶의 속 깊음을 그대 알 수 없거늘

그 여자는 청춘 같은 배추를 손질해
속 차지 못해 청춘 같은 푸른 김장을 하네

그렇게 가을을 보내고

샐 수도 잴 수도 없는 깊이로
들여다보는
12월 어느 날.

기차는 레일 위를 달린다

안개비에 가슴 젖는 첫 새벽
무궁화호 경로우대
만사천 원 주고 기차票를 샀다

오지 않는 기차를 기다리며
천오백 원짜리 따끈한 아메리카노 한 잔을
대구역 구내에서 산다

기차 안의 풍경이 궁금하고
낯선 얼굴들의 수없는 사연
스피커를 통해 들려오는 안내양의
고운 목소리가 궁금하고
누군가 무엇인가 기다림은 설레게 한다

부드럽고 따뜻한 커피의 달콤함
미소로 번진다

두 줄기 평행선 위에
그대와 나 마주 서서
손짓조차도 할 수 없는 안타까움
언제쯤 우리 하얀 마음으로
손 마주 잡고 웃을 수 있을까

'잘 갔다 와'

쉰 목소리로 적선하듯 던져주는 한마디
생명수로 마시며
다시 한번
마른 껍질 사이
수액 올린다

기차는 서서히
레일 위로 미끄러져 들어와
입을 열어준다

동굴 같은 그 입 속으로 들어가
창자 속의 부유물로 한 몸뚱아리 되어
이리저리 뒹굴며
레일 위를 달린다

그렇게 그렇게 달리다가
기다리는 그대 없는
한양이란 역에서
배설물로 쏟아져 내릴 것이다.

2부

그대가 꽃이라서 좋다

인동초차를 마시며

소슬한 봄비에 젖은 날은
은은한 음악 속에
인동초 꽃차를 끓인다

먼 들판 너머
버들은 연둣빛으로 물들고

은빛 물결 위로 바람이 지나는
춘삼월 아련한 한나절

그리움도 향기로
승화된 순간

인동초 꽃향기에
마음을 적신다.

꽃비

맥없이 나뒹구는 상념들
끌어안고
젖은 솜 같은 몸뚱어리 추스려
꽃숲으로 가자

내리는 비, 꽃비
그 꽃보라 속에
헝클어지고 찌든 머릿결
씻고 또 씻어내니
머리에 한 송이 꽃이 피었다

꽃숲에
망부석으로 서 있다가
머리에 피운 꽃 예쁘게 간직하여
꽃보라 속을 지나
꽃이 그리운 이 만나고 싶다.

풍란

타버린 숯덩이 위에
작은 생명 하나
얹어놓고 너 예쁘다
너 예쁘다
물 주고 사랑 준 세월

간밤에 살포시 피워낸 사랑
하늘 구름 바람
여리디여린
가녀린 꽃잎
너를 안고 난 울고 싶어라

목마름도 애달픔도
기—인 기다림으로
참고 견딘 인내의 그 고귀한
사랑이어라.

개망초꽃

달빛 교교한 밤
하얀 눈꽃으로 핀
개망초꽃 속에
한 마리 흰 나비로 쉽니다

금잔화 노란 꽃
한 아름 안고 오시는
님이시여
개망초 꽃숲 지나실 때
기다리다 잠든 나비
무심히 지나지 마소서.

그대가 꽃이라서 좋다

허한 마음에 길을 나서면
초록 향기 안개로 감기어 오고
계곡 물소리도 초록이다

좋아서 너무 좋아서
산길을 끝없이 걷다 보면
풀숲 깊숙이 숨어서 피어있는
그대를 닮은 으아리꽃이 좋다

아니다
으아리꽃을 닮은 그대가 좋다

순백의 순수만이 공존하는
들키고 싶지 않은
혼자만의 사랑

으아리꽃 같은 사람아
내게 있어

그대가 꽃이라서 나는 좋다
참 좋다.

봉선화

가을이 가기 전에
밤새 울던 매미의
울음이 잦아들기 전에
뜨겁던 여름을 기억하렵니다

장독대 뒤편
붉은 기다림으로 뜨락 구석 자리
있는 듯 없는 듯
피어있는 꽃

몹시 체한 듯
가슴 한복판이 아파지는 꽃
잊었던 얼굴들을
생각나게 하는 꽃

가슴에 묻어둔
첫사랑같이 애틋하고
그리움이 뭉게구름처럼
피어오르게 하는 꽃

하이얀 첫눈이 내리는 날을
기다리게 하는 꽃
나의 열 손가락에
텃밭을 만들어
오늘은 꽃을 피웁니다.

복숭아 봉지를 씌우며

바람이 불러서
도화밭으로 갔습니다
향기로운 연분홍 도화꽃에 취하여
그리움 하나 잉태했습니다

다시 찾은 도화밭
꽃 지고 알알이 맺혀있는 열매
정도 너무 헤프면
도리어 해가 될까
두려워 미련 없이 솎았습니다

단비 내리고
따사로운 햇살 받아먹으며
아롱아롱 영그는 내 사랑

아파 아파
산새가 날아와 쪼아 먹고
고라니도 남몰래 한입 먹습니다
내 사랑
아프지 말라고
진종일 봉지를 씌웁니다

어느새 붉게 붉게
노을이 타고 있습니다.

황혼의 언덕에서

어린 날
배고파서 많이도
따 먹던 진달래

지금은
그리움에 고파
산허리 멈춥니다

핏빛 통곡으로
불타오르는 진달래
황혼의 언덕에서
그대를 불러봅니다.

꽃 따라 향기 따라

꽃이 나를 불렀는가
내가 꽃을 불렀는가

길 따라
향기 따라 나섰더니
시간은 해시
팔공산 파계사
블루문이다

누구랑 왔냐고
묻지 마세요.

바람 부는 대로

이 밤 회오리치는 바람은
꽃샘바람인가 심술바람인가

청산의 저 아름다운 꽃
날려버릴 기세는
어떤 바람인가

내 안의
매화꽃도 진달래도
낙화로 흩날린다

근원도 알 수 없어
잡을 길은 더욱 없어

산 넘고 파도치는 바다 건너
이 바람 부는 대로 가려네.

코스모스꽃 머리에 꽂고

태화강에 갔습니다
가을은 강에 멱 감고
코스모스 가녀린 목 길게
흔들립니다

물속에 얼굴 발그레한
소녀가 걷고 있습니다
귀밑머리에 빠알간 코스모스
꽃 하나 꽂고

하늘엔 하얀 낮달 위에
소년이 코스모스꽃을
가슴에 품었습니다

태화강변에 목욕 끝낸 가을이
바람결에 하얀 낮달 타고
긴 여행을 떠납니다.

작별

기인 겨울 미련 남은 거리에
몰래 찾아온 매화 저 혼자 피었다
오늘 아침 꽃샘바람에
속절없이 흩날린다

가슴에 행하니 뚫려버린 천공
바람은 날을 세워
끝없는 휘파람 소리를 내고
명치 끝자락에 흔적을 남긴다

누가 먼저
이별을 고한 것도 아닌데
미리 약속한 것도 아닌데
그렇게 그렇게
그것이 긴 이별이었다

거리 곳곳에 계절에
쫓겨가는 군상들
아픈 상처 딱지 어루만진다.

그곳은 봄날이면 좋겠네

또닥또닥 내 창을 두드리며
일어나란다
희뿌연 안개비 새벽어둠을 휘감고

저어 먼 지심 깊숙이
잠들었던 그리움이
연둣빛 아스라함으로
버들가지에 살폿 내려앉는
아침이다

먼 길 떠나는 내 벗은
이승의 옷가지 부스럭부스럭 벗어 버리고
주섬주섬 수의로 갈아입는다

천만 길 불덩이 속으로 들어가는 것도
그대로 고요히 땅속에 묻히는 것도
산자의 몫인 것을
망자는 말 그대로 시체다

이별만큼 서럽게
봄비 하염없이 내리는
이 아침 구천은 화사한
봄날이면 좋겠다.

벚꽃나무 아래서

암울했던 밤
허기진 햇살을 찾아
서성이던 시간들

새벽 첫차를 놓칠세라
분주한 움직임으로
빨갛게 달아오른 꽃봉오리

어제 내린 봄비에
얼굴 마알갛게 씻고
방긋 미소가 흐른다

바람은 속살대며
나뭇가지 사이를 헤집고
술래잡기하고

수액 오르는 묵은 껍질 사이
초록 혈루 흐르고
연초록 잎들은 분주히 바느질하는데

꽃피는 나무 아래서
또 다음 해 봄을 꿈꾸는
미련을 본다.

나팔꽃

어제도 오늘도
밤의 숲에서
안식을 취합니다

멀리 어슴푸레
들러오는 음악 소리
나팔 소리

그대 환희로
은은히 나팔 불며
오셨습니다

숲은 갑자기
보석처럼 반짝이기
시작하였습니다

눈부신 환희 그 희열
그대 어둠을 가르며
나팔 소리 타고 오셨습니다

새벽이 열리고
진주 이슬 뿌리며
아름다운 모습으로 오셨습니다

찬란한 빛으로
추억 같은 아름다움으로
내 창 앞에 미소 지으며
오셨습니다.

동백꽃

그리움으로 애달픈
한나절

툭 투욱 툭
쏟아내는 각혈

님 아
사랑이란다

아프도록
서러운
사랑이란다.

봄날에

찻집 다강산방에서
솔바람에 취해
오늘
봄을 만났습니다.

묻어둔 이야기
차마 열지 못하고
하이얀 동백꽃에
내 맘을
다 주었습니다.

꽃이 아름다워

사면이 막혀버린
바람 한 줌 드나들지 못하는 날

그 너머에
마른 땅버들 여린 연둣빛으로
사랑 움트는 강변

바람은 바람끼리
볼 부비고
버들강아지 버들강아지끼리
솜털 일으켜 세운다

아무도 보지 않는
말라버리고 구겨진 억새 사이에
작은 꽃다지 노랑꽃 피어

아름다워서
꽃이 아름다워
나는 울었다.

들국화차를 만들면서

이렇게 고운 빛깔로
마알갛게 고운 얼굴로
날 불렀다

그 들판에 바람이 부드러운
웃음 날리며 스치고

억새꽃 하얀 미소로
손 흔들어 주었다

당신 사랑만큼이나
아름다운 이 날에
노오란 들국화 꽃을 딴다

그 봄날 따스한 햇살에
싹 틔워 무더운 여름 지나
찬 서리 내리는 가을 들판

한 송이 한 송이
꽃을 딴다

한 송이에 나의 미소를
또 한 송이에 당신의 눈길을

찌고 말리고
찌고 말리고
우리 사랑처럼 익어간다.

낙화

그리운 사람아
푸른 바람이 스쳐 갑니다

엊그제 먼 데서 꽃이 피었다는
소식 받고 기다렸는데

거리거리에 공원 구석구석에
꽃이 흐드러지게 와 있었습니다

그리운 사람아
잊은 듯 잊어두고 살았습니다

잊어둔 가슴 밑바닥에
그대 있음을 뒤늦게 알았습니다

하이얀 꽃 낙화로 지는데
그대 나처럼 잊은 듯 잊지 못해

꽃으로 필 것 같아
낙화로 안부 전합니다.

며느리밑씻개

아파라 아파라

가시 하나 돋을 적마다

청산에 뻐꾸기 울고
아지랑이 아롱거리던 봄
여리고 여린 연둣빛 목숨

목구멍이 포도청이라
억세게 살아야 했네

온 몸에 가시 달고
누구도 범접하지 못하게

심술궂은 시어머니
얼마나 며느리 미웠으면
가시 돋은 줄기로 밑을 닦으라 했을까

모진 세상 견디려고
억세고 억센 몸뚱어리
며느리밑씻개 되었네.

3부

고물상에서

아오모리 현에서

쓰가루 샤미센의
애절함이 흐르는
아오모리 현의 작은 술집에
하염없이 눈이 내린다

이승과 저승의
갈림길 같기도 하고
아련한 몽환 속에서
나는 너를 안고
애달피 운다

사랑아 사랑아
이대로 영원으로
이어지기를
나 언제 또다시 이곳에 오리
간절한 기도를 천국으로 보낸다.

동성로에서

한때는 참으로
화려하고 찬란했던
날도 있었습니다

도시의 모든 부와 향락이
함께 공존하던 곳
밤이면 젊은이들을
들뜨게 하던 곳

세월 따라 도시도
늙어 가는가 봅니다
내 나이 이미 저물고
동성로 거리도
황혼으로 우중충합니다

오늘 이 거리에서
나를 봅니다.

고물상에서

세상에 온갖 희로애락
다 만나고 온
우그러지고 찌그러진
얼굴들 산더미로 쌓였다

이곳에서
내 생에 그래도 또
쓸 만한 물건 있을까
찾아갔다

쓰다가 버려진 놋화로 같은
주인 아지매 세상 풍상 다 겪은 듯한
미소다

'네 속내도 나처럼 뜨거운 불
얼마나 안고 살았니'
하는 그 표정

아무리 둘러보아도
내 꼴 같은 물건들…

내 울 안에
고라니 멧돼지 못 들어오게
녹슬고 버려진 철근 몇 줄
사서 돌아왔다.

무아

오월 한나절
그늘막 아래 오수를 즐기다
부시시 눈을 뜨면
앞산 솔숲에 내려앉은
푸른 바람 가을을 꿈꾼다

뒷산 뻐꾸기 울어
산골의 여름은 영글어간다

고즈넉한 계곡
원천을 알 수 없는 물줄기
먼바다를 연모하고

절인 배추 같은 그리움은
허공을 맴돌다
장끼란 놈 우렁찬
목소리에 화들짝 놀란다

비닐 덮은 밭이랑에
밀짚모자 눌러 쓴 지아비는
파 모종 심기에 구슬땀과 씨름한다

시원한 그늘막 아래 누워
지어미는
무릉도원을 꿈꾼다.

안동댐에서

월영교 월영정에 살포시
바람이 내려앉는다

오월은 푸른 보자기를
넓디넓게 펼치고

바스락바스락 보자기 아래
묵은 가랑잎 바수어지듯
너의 생각들이 바스라진다

너울너울 물결은
그리움으로 흐른다

삼단 같은 머리카락 잘라
섬섬옥수 신을 삼은
원이 엄마의 애틋한 사랑
상사병의 열쇠로 묶어놓고

강물 위에 무심한 비오리 한 쌍
여유롭다

그리움은 애절하게
순백의 아카시아 향으로
흐르는 오월 강물 위에
너의 미소
윤슬로 빛난다.

영천 호국원에서

햇살 따사로운
가을의 중간을 걸어서

아버지
당신께 왔습니다

이곳엔
주인 잃은 인식표와 녹슨 철모가 보이고
짝 잃은 군화 한 짝이
보입니다

아버지
포탄 속에서 살아남고 싶은
젊은 영혼들의
피 터지는 절규가 있습니다

아버지
조국이 무엇이기에
그 부름에 아끼지 않고
기꺼이 목숨을 주셨습니다

아버지
지금 아버지 앞에 앉아
핏빛 붉은 노을을 봅니다
조국을 봅니다.

새벽길

서슬 퍼런 서녘 하늘에
쨍그렁 깨어지는
별 조각 하나 빠른 속도로
심장에 내리박힌다

뜨거운 혈루

하현달은 홀로
허공에 그네를 타고
끝없이 쏘아 올려보낸 심장들
무참히 던져지는 아픈 순간들

그렇구나 그렇구나
식어버린 넋두리

버릴 것은 버리자
다시 주워 담지 말자
아닌 것은 끝내 아닌 것이다

별을 꿈꾸었던 그 날엔
그땐 그땐, 찬란한 빛이었었다.

순천만 갈대숲

머언 그날 당신이
사알짝 미소 보내던 그 날
싱그러운 푸르름으로
하늘을 꿈꾸었습니다

뜨거운 태양과 폭풍
그 어떤 힘든 일도 다 견디면서
그대 향한 그리움만 키웠습니다

하늬바람 불던 날
너무 긴 기다림으로
머리는 백발이 되었습니다

하얀 기다림으로
끝 간 데 없이
은빛으로 물결칩니다
순천만의 갈대로.

돌탑

얼마나 피멍 든 가슴이었을까
손가락 마디마디
무너져버린 지문들

너를 잊자 너를 잊자
가슴 철철 흘러내리는
선홍빛 선혈

이승의 업장들 지워보자고
돌 하나 업장 하나 쌓았습니다.

- 초겨울 유가사에서

장미 화관을 바칩니다

어머니, 아름답고 싱그러운
오월에
줄장미 엮어서
붉은 장미 화관을 만듭니다

사람이 해야 할 일이 있고
당신이 해야 할 일이 있듯이
당신은 힘든 인간의
고뇌를 들어 주시고
저는 가난한 이웃과
벗하렵니다

마리아 나의 어머니
산들바람으로
사랑을 보내 주시는 당신

장미향 사르어 기도로
피워 올리고
붉은 장미 화관 엮어
어머니 머리 위에 씌워 드리옵니다.

— 오월 성모 성월에

까마귀

홋카이도 회색 하늘
살아서 꿈틀거리는 용암은
더운 물줄기로 솟아나고
한처럼 서리는 연무 곱게도
휘감는다

타거라 타거라
활활 타거라
까맣게 타서 숯덩이가
되어 버린들 어떠랴

회색 도화지에 검은 선 하나
주욱 그어놓고
선 위에 앉아 감전되어
까맣게 타들어 간 몸뚱어리

카악 카악
끝없이 뱉어내는 속내
누군들 알까마는

안들 어이하고
모른들 어이하리
홀로 울어 하늘로
날려 보내는 서러운 편지.

사랑을 건지다

가을 강에 가면
흔들리는 갈대 늪에
머리 흰 그대 미소가 흐릅니다

가을 강에 가면
외다리 꼬고 서 있는
왜가리 날개 속에 그대 숨결 있습니다

가을 강에 가면
은빛 반짝이는 비늘 세우고
유영해오는 그대 사랑이 있습니다

가을 강에 가면
가을 강 언저리에서
날마다 날마다
그 은빛 물결 바라보며

사랑하는 마음 하나
건져 올리는 어부 하나 있습니다.

동물원의 밤

서쪽 산마루에
서성이는 어둠이
산그리메를 타고
조용히 마을로 내려와
여인네 치마 사이로
스며드는 어둑한 밤이다

성곽 늙은 나무 아래
웅크리고 앉아서
주인 없는
별들을 헤아리는 밤이다

동물원의
문이 닫히고
갇혀버린 맹수는
밤의 암울함에 간헐적으로
포효한다

야성의 밤 누가
먼저라 할 것 없이
늑대가 울고
여우도 덩달아 울고

고목 아래 웅크리고
앉아있는 심장이
같이 포효한다

이렇게
동물원의 밤은
갇혀 있는
심장들이 통곡하는 밤이다
멀리 주인 없는 별 하나
낙화한다.

법주사에서

형형색색으로 물든
단풍 같은 인파
그 물결 속에 휩쓸려
속리산 법주사에 서 있다

금강문 지나
천왕문 지나
대웅전 부처님 앞에서
합장해 본다

이승에서 지은 그 업장들
천형의 벽돌 같은
이 무거운 업장들
무간지옥인들 피해갈 수 있을까

자비로우신 석가의
님이시여
이 업장들 사르어 주소서

단풍 같은 사람들
가을 물결에 휩쓸려
어디로 가고 있는가

천공을 향하여
다시 한 번 합장해 본다.

갈 수 없는 길

단풍이 지쳐
다 지기 전에 아름다운
가을 숲으로 오라 하네요

고운 그 길에
음악이 있고
그리움이 있고

끝없이 달려가고 싶은
맘 하나로
단풍길 초입에 서 있습니다

그 길로 들어가서
단풍의 황홀함에 취하여
다시 돌아오지 못할까
두려워서 가지 못합니다

가지 못하고
망설이고 있는 맘
지는 낙엽으로 아픕니다.

강변의 아침

마른 강아지풀 숲 사이
참새 떼 무리 지어
찾아들고

희뿌연 하늘가
갈가마귀 줄지어
비행하는 이 아침

왜가리 한 마리
땅버들 아래 오똑한
돌 위에 외발로 서서
머언 새벽을 봅니다

밤새 태공은
세월을 낚는지 추억을 낚는지
번뇌를 건져 올리는지…

하늘 멀리
붉은 햇살 서서히 번지는데
오늘은
내 안에 그대
아침 햇살로 오십시오

강변에 안개 걷히듯
우리 고운 사랑으로
사는 것입니다.

반야사에서

낙엽 진 오솔길로 들어서면
나목들은 부끄러이
몸 부비고 서로를 위로한다

숲속으로 숲속으로
가다 보면 오솔길이
앞장서서 길을 인도한다

멀리 보이는 산사의 불빛
그 언덕 위의 불빛 따라
자비가 흐른다

사랑은 어디서 왔는가
예측할 수 없는
우주의 순리에 따라
인연 앞에 무릎 꿇는다.

4부

그 사람

보고 싶다

보고 싶어
애간장이 녹아내릴 듯
아프다는
그대의 문자를 받았습니다

구기자차 한 잔
내려놓고
나의 맘도
꽃잎이 지고 있다는
문자를 보냅니다.

나의 사람아

산벚꽃 너울너울 떠난 자리에
복사꽃 부끄러이
눈웃음 보내고

초록 산향에서
그곳에도
봄이 떠나가고 있느냐고
흰구름에게
안부를 묻습니다

흙 묻은 괭이랑 던져버리고
밀짚모자 아래로
웃음 한 자락 산벚꽃으로 흩날리며
뛰어올 것 같은
나의 사람아.

그리움(1)

아시나요

가슴 밑바닥
자글자글 끓고 있는
애틋함은

그리움이네요.

그리움(2)

가슴에
불 하나
안고 삽니다

얼마나
더 태워야
남은 불씨 하나
없어질까요.

봄 같은 사람입니다

춘삼월 닮은 그 사람
내 마음 추운 겨울이었던 그때
따스한 바람으로
내 가슴에 들어왔습니다

마르지 않는 눈물
소리 없이 닦아주고
그 눈물 그칠 때까지
넓은 가슴 내어 주었습니다

온갖 투정 묵묵히 받아주고
내가 힘들어할 때
말없이 바다로 함께 가 주던
따뜻한 사람입니다

그윽한 미소
옳고 그름을

묻지 않고 믿어주는
그 사람 그런 사람입니다

언제나 내 곁에서 조용히
지켜봐 주는 사람
내게는 그 사람
춘삼월 봄 같은 그런 사람입니다.

어둠이 내릴 때

언제부터
이 기다림이 시작되었을까

산 그리매 소리 없이
아랫마을로 내려오고

머리 올 사이사이
어둠이 스며드는데

어느 습진 수풀 속에
살모사의 붉은 혓바닥 같은
욕망은
검붉은 노을로 피어오른다

언제부터였을까.

오수

칠월 땡볕 아래 콩밭 매다
흐르는 땀 식히며

푸른 대숲에
둥지 튼 작은 새처럼

그대 팔베개하고
오수를 즐긴다

칠월 매미는
한 시절이 애달파 운다

대숲의 작은 평상 하나
모든 것 내려놓은 휴식처

마지막 날 그대와 나
꿈을 꾸듯, 이렇게 가면 좋겠네.

별 주우러 간 줄 아세요

오늘은 소식이
궁금해도 참으세요

휴대폰도 불통이고
카카오톡에 답글도 보내지 못합니다

그래도 궁금하여
제집 초인종을 누르시어
아무 대답 없거든

지난 밤 무주공산에
거센 바람 불어
기다림에 지쳐
떨어진 별
주우러 간 줄 아세요.

우리의 만남은

몇 겁의 나래짓이었을까
이 아름다운 꽃 피는
봄 길에서 너를 만남은

곱게 물든 이 길에
몇 천 번 꽃이 피고 지고
낙화진 세월이었을까

내 어깨에 짊어진
천형의 벽돌
다 내려놓고

이 거리에서 너를 만남은
몇 겁의 나래짓이었을까
몇 겁의 인연이었을까.

애련

무량사 추녀 끝에
아슬아슬 나를 얹어놓고

이 밤 별빛 아래

대롱대롱
너는 풍경으로
울고 있다.

작두

청홍 색색의 깃발 나부끼는
바람길에
춤사위 징 소리 꽹과리 소리
오장육부 뒤흔들고
하늘의 구름은 무심으로 흐르는데

그대 향한 내 사랑은
날 선 작두 위에 줄을 탑니다

사랑이여
그대를 만난 날부터
피 흘리는 맨발로 작두 위에 서 있습니다.

따뜻한 말 한마디

겨울바람 앞에서
따뜻한 외투를 입혀주는 사람

햇살 고운 봄날 할미꽃이 피었다고
달려오는 사람

여름날 폭염에 더울까
그늘지어주는 사람

당신 사랑만큼
가을 붉은 단풍잎 하나
손에 쥐여주는 사람

이렇듯 따뜻한
말로 다독여주는 사람

그 사람 참 따뜻하고
고마운 사람이었습니다

누구나 그러하듯이
따뜻한 말 한마디
간절한 소망입니다.

그대 내게로 오는가

얼마나 얼마나 먼 길입니까
굽이굽이 돌아오는 그 길이

꽃피던 봄날 나비의 날개 위에
그대 마음을 실어 보냈지요

태양 뜨거운 여름날
칸나의 붉디붉은 입술로 사랑한다 했지요

구월이 오고 초록 끝자락이
누렇게 물들어 가네요

머언 그대
이 가을 행여
붉은 단풍으로 오시렵니까

가로수 은행잎 노오란
엽서로 오시렵니까

사랑이여 사랑이여
기다리고 기다리는 그대

얼마나 머언
훗날에 오시렵니까.

서방

그대 언제부터
내 곁에 있었던가

청사초롱
불 밝히던 그 밤에
백 년을 천 년을
사랑만 하고 살자 했네

꽃 피고 새 울고
잘 익은 과일처럼
주렁주렁 자라는 자식들
천국이었지

어느 날부터
몰아치는 비바람
캄캄한 안개에 묻혀
우리는 방향을 잃어버렸어

아베마리아
당신만을 불렀지
인연의 끈 놓지 않으려는 몸부림으로
가슴에서 눈에서
선혈이 철철 흘러내렸어

흰 서리 머리에 얹히고
이 밤
그 청년 어디 가고
늙은 서방 하나 지친 삶에
잠들어 있네

서–바–앙
차–암
일장춘몽인 것을.

두물머리 사랑

근원도 알 수 없어요
어디서 왔는지
계곡을 지나
돌 바위틈 지나
끝없이 흘러가다가
어린 새싹들
앙징스런 풀꽃
알 수 없는 새소리
흘러 흘러 가다가
먼 산 한 번 보고
구름 한 번 쳐다
보았는데
그대가
제 곁에 있네요
약속도 언약도 없이
어느새 손잡고
여기까지 흘러왔네요

누가 먼저랄 것도
누가
나중이랄 것도 없이
우린 하나 되어
강을 지나
파도치는
바다까지 함께
가 보는 거예요

두 가슴 하나 되어.

당신의 뜨락

손 마주 잡고 길을 나서요, 우리

낯설고 물설은 그곳으로
따뜻한 마음 하나 가지고
길을 나서요, 우리

작은 싸리 울타리에 뿌리내려
하이얀 싸리꽃 피는 봄 오면

당신 뜨락에 은은한 믿음꽃 심고
예쁜 사랑꽃도 심어요

봄 가고 여름 가고
가을 낙엽 지는 날

당신 뜨락에 추억의 열매
주렁주렁 달리겠지요.

아직도 여자이고 싶어

내 안에 물안개 자욱이
피어오르고
나 그대에게 가까이
가려 합니다

그대 철벽같은 마음 앞에
눈사람처럼
녹아내립니다
오도 가도 못하고

한 번쯤 그 문 앞의 빗장
열어 두시면 안 되나요

아직도 그대 앞에
여린 여자이고 싶습니다.

그리운 이에게

태양이 태워버린 하루를 안고
검푸른 강가에
이별했던 그리움이 찾아옵니다

재가 되어버린 서쪽 하늘에
교회의 붉은 십자가가
등불을 켭니다

그대를 부른 적 없거늘
내 안에서 무성히 자라는
푸른 그리움은
꿈을 꾸는 빛이 됩니다

차라리 다 태우고
흔적마저도 없다면
재가 된 하루를 껴안고
아파하지 않아도 좋을 것 같습니다

회색 하늘에 반짝이는

불씨 하나 살아 있음은

다시 내일을 태워야 할 그리움입니다.

그리움의 빗장을 열고

억겁 인연이 녹아 흐르는 계곡에
도꼬마리 노랗게 꽃 피워내듯이
아슴아슴 파고드는 그리움

골짜기로 골짜기로 접어들다가
뒤돌아보지 않고 산 중턱을 내닫는
바람을 만납니다

언제부터
내 안에 자리한 그대
그대 그리움의 문패가 달린
커다란 대문의 빗장을 열어 봅니다

조금씩 조금씩 비밀스럽게
그대 안으로 걸어가
조그만 오두막 하나 짓겠습니다

내 안에 자리한 그대
오늘은 그대 안에
나를 내려놓습니다.

그 길목에서

소곤소곤
속삭임으로 다가와
봄비 창을 두드립니다

질척거리는 마음 바닥에
잔설은 바짓가랑이 끝단을
아직 잡고 있습니다

봄밤의 달콤한 몽환,
헤즐넛 향에 취하여
비몽사몽 끝없이 걸었습니다

먼 곳에서 천천히 오시는 이

연둣빛 바람에
하얀 손수건을 걸겠습니다

그 길목에
하얀 손수건 나부끼면
그대 그리워하는 내 마음인 줄 아세요.

외로움

깊은 밤이 강물 되어
느리게 느리게 흐르는데
빌고 비는 하늘 향한 나무

유성 하나 기인 꼬리 흔들며
어디론가 떠나는 새벽이다

하얀 밤으로 걷고 또 걷고
아무리 걸어도
바람만 불어오는 골목길

그대 비워버린 가슴 언저리
따가운 모닥불 타는 소리
타닥탁닥
숱한 추억도 탄다

밤이 타고
추억이 타고
사랑이 타고
아픔이 타고
억만 기억들이 타는 새벽
눈물 한 방울
재가 된다.

당신의 무늬

나무의 나이테만큼
한 해 한 해 자라서
어둠이
산자락에 검은 머릿결 풀고 내려올 때
내 안에도 당신의 무늬가 새겨진다
돌담 밑 노란 민들레도
무늬가 되겠지

당신으로 인해 아름다웠던 날
아파서 울었던 날도
내 안에 무늬지겠지

당신의 가슴 한가운데에도
나로 인한 사랑으로
미움으로
아픔으로 무늬지겠지

그 모든 날들에
비가 내리고 안개 내려
당신 가슴 벽에 무늬지듯
내 가슴 벽도 무늬가 진다.

이별 연습

여기까지 오는 길은
참 멀고 힘들었습니다

그대의 친절도
그대의 그 은은한 미소도
긴 날을 약속했던
사랑한단 그 말도

흐르는 물처럼
바다로 보내기엔
참 힘들었습니다

빛바랜 기인 세월이 남겨준
낙엽같이 바스락거리는
삶의 부산물
겨울 산에 묻어 버리기엔
참 힘들었습니다

그러나
이별이 그리 어려운 건 아니더라구요
내 작은 가슴에서 끊어내니
꽃 진 자리 새 살 돋아나듯
상처 아물고
참 아무것도 아니더군요

이렇게 이렇게
이별이란 걸 배웠습니다.

당신의 눈물은

말라비틀어진
낙엽 같은 가슴에
그리움이라니요

잊어두었던 옛 기억에
촛불을 켜시는가요

보고 싶다고도
그립다고도
말하지 마세요

그대 눈물 사알짝
떨어지면 삭정이 같은 가슴에
복사꽃 한 송이 활짝 필까요.

지우기

어제는 내 안의
태산 하나 지웠습니다

오늘은
내 안의 토네이도로 불어오는
태풍 하나 지웠습니다
성난 파도로 쓰나미처럼 밀려오는
번뇌도 지웠습니다

이제 내 안에
구름이 걷히고 푸른 하늘도 보입니다
시냇물 소리, 청아한 새소리
내 안에 들어옵니다

내일 가장 무겁게 자리한
내 안의 당신을
지워야지요.

낙엽 지는 거리에서

삭정이 같은 가슴 하나
잎 진 벚꽃나무 꼭대기에 얹어놓고
낙엽 풀풀 나뒹구는
거리에 서 있다

다행이다
참 다행이다

슬픈 가을비에
후줄근히 젖지 않고
고운 모습으로 지고 있으니
참 다행이다

바람 불고 노을이 내려오는데
마른 가슴들 서로
부둥켜안고 인고의
시간을 얼마나 더 기다리면

저 버린 시간
사차원의 공간에서
삭정이 같은 가슴 내려
고운 수액 다시 흐르고
뜨거운 혼불 켤 수 있으랴.

현관문이 열리면

아침 햇살이 싸아 하고 쏟아져
들어온다

문이 열리고 당신의 등은
몇 개의 계단을 밟고 내려가
세상의 넓은 아가리 속으로
햇살 따라 사라진다

어디로 가는 것일까
당신의 또 다른 세상을 모른다
모르는 것이 약이란 걸 나이 들며 알았다

종일토록 눈이 아프도록
거친 들판을 달리고 달리다가
묵은내 풍기는 텅 빈 가방에
하루를 힘겹게 건져
돌아올 준비를 하겠지

당신 또한 등 보이고 나간 이후
나의 세상을 알지 못한다
잡다한 가정사 끝내고
헤즐넛 커피 한 잔의 향에
온몸을 적셔 보다가

재래시장 골목골목의
땀내음에 젖기도 하고
백화점의 화려한 의상
은은한 향 번지는 화장품 코너
값비싼 명품 코너도 기웃거리다가

어둠이 라일락 향을 몰고 도심으로
흘러올 때 등 보이고
집을 나선 당신의 들판에도
어둠이 내리겠지

빈집으로 돌아와 허공을 껴안고
앉았다가 티브이 채널을
오락가락하다가
별이 현관문으로 하르르 쏟아져
들어오면

딩동 벨이 울리고
지친 얼굴의 당신은
온몸에 어둠을 걸치고 들어온다
문은 미처 들어오지 못한
어둠의 꼬리를 물고 닫힌다

문은 굳게 입을 다물고
침실에 꽃바람이 흐르고
형광등이 어둠을 펼친다.

자연으로 일군 순백한 시심의 미학

구석본 시인, 《시인시대》 주간

　초여름 어느 날, 이기원 시인을 모처럼 만났다. 얼굴이 유난히 검게 타 있었다. "이 시인, 왜 그렇게 얼굴이 탔어요. 여행이라도 다녀오셨나요?" "예, 요즘 농사를 짓는다고 그렇습니다." 뜻밖의 답이었다. 시댁 김천에 물려받은 땅이 있는데 버려둘수 없어 농사를 시작했다는 말이었다. 처음에는 주말농장쯤으로 생각했는데 그 규모가 본격적인 농사꾼이 해야 할 정도라는 걸 알고 조금 놀랐다. 농사일이 꽤 몸에 익은 것처럼 얘기했다.

　그의 시작(詩作)에서 보여주는 근면함과 성실함이 농심(農心)과 무관하지 않겠다는 생각을 하게 한 계기였다. 이기원 시인의 시작의 부지런함은 뙤약볕 아래 땀 흘리는 농부를 떠올리게 한다. 시에 대한 열정과 애정은 새벽부터 해 지기 전까지 들판에서 묵묵히 곡식을 거두는 농부의 마음을 연상케 한다. 그래서 그의 시쓰기는 그야말로 용광로에서 쇳물이 분출하는 듯하다. 농부가 진종일 작물을 가꾸듯 시를 생각하면서 나날을 보내는 것 같다.

푸른 허공 한복판에서
춤을 춘다
청홍 색색 장삼 자락 휘날리며

불이 탄다
불이 탄다

가슴 안에 번뇌의 불길이다
오욕칠정의 불길이
끝없이 타오른다
풀어내야 산다
태워야 살겠다

이 불덩이를
무언가 쓰지 않고는
죽을 것 같다

작두의 푸른 칼날 위면
어떠하랴

낡을 수 없는 이 시어들
　　시인은 천 길 불 속을 걷는
　　무녀이며 박수다.
-〈춤추는 무녀다, 시인은〉 전문

　이기원 시인은 시인을 '춤추는 무녀다'라고 말했다. 시인의
가슴은 "번뇌의 불길이" 끝없이 타오른다 서슴없이 말한다.
시인이 말하는 시적 대상, 즉 불덩이(번뇌)는 오욕칠정의 불길
로 타오르기 때문에 쏟아내지 않으면 그 가슴(용광로)은 터지
고 마는 것이다. 그래서 온전하려면 "풀어내야" 하는 것이다.
마치 무당이 살풀이 하듯이. "풀어내야 산다/ 태우고 태워야
살겠"다 하는 것이다. 여기서 보듯이 시인에게 시 쓰기는 해도
그만 안 해도 그만이 아닌 살기 위함이다. 시 쓰기가 생존 그
자체와 맞물려 있는 것이다. 시인 스스로 절규에 가까운 고백
을 한다. "이 불덩이를/ 무언가 쓰지 않고는/ 죽을 것 같다"라
고. 그런 연유로 이기원 시인은 시를 쓰는 것이 아니라 분출하
고 쏟아내는 것 같다. 그리고 시인의 한계도 "낡을 수 없는
이 시어"들임을 인식하고 있다. 동시에 "시인은 천 길 불 속을
걷는/ 무녀이며 박수다."라고 하여 시 쓰기는 운명이며 그것
이 삶의 길임을 노래하고 있다.

1. 시심(詩心)과 농심(農心) 그리고 시인

내 텃밭 가에
몇 년 전에 물웅덩이 하나
파 놓았습니다
지난 해 봄에 와보니
이름 모를 개구리들
봄이 왔다고 한없이 울더이다
한 해 가고
마른 풀 서걱이는
웅덩이에 다시 와 보니
꽃송이 같은
개구리 알 몽실몽실
물 위에 떠 있으니

아직은
봄이 오기엔

이른 시간인가 봅니다

숨 못 쉴 것 같은 가슴 한복판에
웅덩이 하나 파봅니다
이곳에도 고운 생명
자라면 좋겠습니다

깊은 내 마음 웅덩이 가에

믿음 나무 한 그루 심고
사랑 나무 한 그루 심어

나무가 나무에게
우리 숲이 되어 살자 하면
참 좋겠습니다

내 마음 웅덩이에.　　　　　　　-〈내 마음의 웅덩이〉 전문

　앞에서 이기원 시인을 거의 전문 농사꾼처럼 농사일을 한다
고 말했다. 농사, 다르게 말하면 생명을 살리는 귀한 작업이다.
농사를 짓는 손길에는 생명을 깃들이게 하는 사랑이 있어야 한
다. 농심은 사랑이 바탕이다. 시심 또한 사랑이 바탕이다.
　"내 텃밭 가에/ 몇 년 전에 물웅덩이 하나/ 파 놓았습니다"
시인의 농사일의 시작은 웅덩이 파기다. 생명을 살리는 웅덩
이, 생명 사랑의 웅덩이인 것이다. 그 웅덩이에 "이름 모를 개
구리들/ 봄이 왔다고 한없이 울"고 있는 것이다. 이 사랑의
웅덩이는 개구리를 모으고 살리는 보금자리가 된 것이다. 이
때의 개구리 울음은 슬픔이 아니라 생명의 노래인 것이다. "한
해 가고/ 마른 풀 서걱이는/ 웅덩이에 다시 와 보니/ 꽃송이
같은/ 개구리 알 몽실몽실/ 물 위에 떠"있는 것을 보게 된다.
'개구리 알'은 생명의 결실이고 밝은 희망인 것이다. 그것을

통해 시인은 생명에 대한 사랑과 경이로움을 느낀다. 그리고 "숨 못 쉴 것 같은 가슴 한복판에/ 웅덩이 하나 파봅니다"라고 노래하고 있다. 말할 것 없이 가슴 한복판에 파는 웅덩이는 사랑과 믿음이 고이는 웅덩이다.

시인은 희망한다. "깊은 내 마음 웅덩이 가에/ 믿음 나무 한 그루 심고/ 사랑 나무 한 그루 심어// 나무가 나무에게/ 우리 숲이 되어" 살아가는 세계를 꿈꾸는 것이다. 그리고 이런 시를 통해 현대인들에게 '사랑'과 '믿음'의 소중한 가치를 일깨우고 있는 것이다.

마른하늘이 쩌억 쩍
갈라지는 가뭄

잡초는 힘차게
끝없이 웃자랍니다

비를 부르는 애절한
여린 생명들이 시들어갑니다

날 선 호미 한 자루 들고
묵정밭을 벅벅 긁어봅니다

뜨거운 가슴에 불을 지르듯
작은 돌멩이에 불꽃이 튑니다

잡초는 뿌리 밑에 또 뿌리가
있는 듯 자라납니다

사랑이여 시랑이여
잡초에 묻혀버린 사랑이여

여름 가고 가을 와도
또 다른 잡초 움터 자라나고

호미는 날 세워
마른하늘을 아프게 긁습니다.

-〈호미〉 전문

　　이기원 시인의 농사는 사랑에 대한 끝없는 갈구이다. 시인의 갈구가 깊고 절실한 만큼 사랑은 메말라 가는 것이다. "마른하늘이 쩌억 쩍/ 갈라지는 가뭄/ 잡초는 힘차게/ 끝없이 웃자"란다. 가물면 채소(사랑)는 말라 죽지만 잡초(사랑을 메마르게 하는 현실적 환경)는 용하게 자랄 뿐 아니라 웃자라기까지 하는 것이다, 농심은 "날 선 호미 한 자루 들고/ 묵정밭을 벅벅 긁어" 보지만 "뜨거운 가슴에 불을 지르듯/ 작은 돌멩이에 불꽃이" 튈 뿐이다. "잡초는 뿌리 밑에 또 뿌리가/ 있는 듯 자라" 여린 사랑을 덮치는 것이다. 그러나 농심은 포기하지 않고 사랑을 갈구하는 것이다. "사랑이여 시랑이여/ 잡초에 묻

혀버린 사랑이여"라고 애절하게 노래하면서 "호미는 날 세워/
마른하늘을 아프게 긁"는 것이다. 여기서 사랑은 어떤 어려움
속에서도 결코 포기나 체념의 대상이 아니라 끝없이 추구하고
갈구해야 하는 최고의 가치임을 시인은 노래하고 있다.

여인네 속살 같은 고운 흙 속에
한 알 한 알 토란을 묻는다

가을이 오면
모진 풍우 견디어낸
내 사랑처럼

속으로 속으로
참고 견딘 사랑 품어
예쁘게 자라리라

뉘엿뉘엿 서산에 해는 지고
노을은
가슴으로 붉게 탄다.

　　　　　　　　　　　　　　　　　-〈토란을 심으며〉 부분

〈토란을 심으며〉를 읽으면 인간에 대한 애정과, 자연에 대
한 경건한 마음을 화폭에 담아낸 프랑스 화가 밀레의 그림을
대하는 듯하다.

"여인네 속살 같은 고운 흙 속에/ 한 알 한 알 토란을 묻는다" 이 구절에서 시인은 '한 알 한 알 심는다'라고 하지 않고 굳이 "한 알 한 알 묻는다"라고 했을까? '심는다'와 '묻는다'의 차이에서 시인의 마음을 엿볼 수 있다. '심는다'에서는 수확의 계산이 깔려 있다. 반면 '묻는다'에는 오직 생명 그 자체에만 관심을 두고 있는 것이다. 시인이 토란을 심는 것은 토란 수확을 통해 현실적 이익을 추구하고자하는 마음이 아니라 생명에 대한 사랑 그 자체만을 구하는 순수함이 있는 것이다. 그것이 '여인네의 속살 같은 고운 흙' 속에 묻을 때 비로소 하나의 생명(사랑)으로 자라는 것이다. 이어진 "내 사랑처럼/ 속으로 속으로/ 참고 견딘 사랑 품어/ 예쁘게 자라리라" 연에서 '묻는다'는 표현에 담긴 시인의 마음이 더욱 구체적으로 암시되고 있다. 마지막 연. "뉘엿뉘엿 서산에 해는 지고/ 노을은/ 가슴으로 붉게 탄다."는 바로 기도하는 농부의 배경으로 깔리는 노을이 영상으로 떠오르는 밀레 그림의 한 장면이 아닌가.

끝없이 신비한 자연에 고개 숙이며
창조주의 권능 앞에
무릎을 꿇고 말았다

멀리 구월이 미소 짓고
구절초 요염하게 허리 흔들며

하늬바람에 눈웃음 보내는 한나절
숲속에 고라니 울음 들으며
평화로운 세상을 본다.
　　　　　　　　　－〈고구마를 캐면서〉 일부

　인용한 시, 〈고구마를 캐면서〉를 읽으면 인간의 큰 스승은
자연임을 새삼 알게 한다. '팔월 뙤약볕'을 이기고 열매 맺은
고구마 그 생명력은 경이로울 뿐이다. 시인은 "그래그래 생명
은 위대하다"라고 말할 뿐 더 이상 표현할 길이 없는 것이다.
언어의 한계고 인간의 한계인 것이다. 그래서 "끝없이 신비한
자연에 고개 숙이며/ 창조주의 권능 앞에/ 무릎을 꿇"을 수밖
에 없는 것이다. 이때 '무릎 꿇는다'는 것은 항복, 절망, 체념이
아니다. 인간의 오만함에 대한 자성이자 깨달음이다. 인간이
갈구하는 사랑, 평화도 인간에게 구하는 것이 아니라 자연에
서 구할 수밖에 없다는 것을 시인은 절실하게 깨치게 되는 것
이다. 이 시, 마지막 연에서 시인은 "멀리 구월이 미소 짓고/
구절초 요염하게 허리 흔들며/ 하늬바람에 눈웃음 보내는 한
나절/ 숲속에 고라니 울음 들으며/ 평화로운 세상을 본다."
노래하여 자연의 품속에서 계절의 순환, 구절초, 고라니 즉
시간, 식물, 동물이 조화를 이룰 때 비로소 진정한 '평화로운
세상을 본'다는 것을 깨치게 되는 것이다.

2. 봄과 생명 그리고 시심

봄은 생명의 계절이다. 농부에게는 씨 뿌리는 계절이다. 시인에게는 시심이 움처럼 터져 나오는 계절이다. 쓰지 않으면 죽을 것 같다고 고백하고 있는 이기원 시인에게 봄은 시가 불꽃처럼 피어나올 수밖에 없는 계절일 것이다.

> 찻집 다강산방에서
> 솔바람에 취해
> 오늘
> 봄을 만났습니다.
>
> 묻어둔 이야기
> 차마 열지 못하고
> 하이얀 동백꽃에
> 내 맘을
> 다 주었습니다.
>
> ―〈봄날에〉 전문

봄날 오후, 찻집에 앉아 차를 마시며 봄 풍경을 완상(玩賞)하는 시인의 모습이 그려지는 작품이다. 봄이란 계절은 자연의 변화가 역동적이다. 그러기에 들뜨기 쉽다. 그런데 시인은 분주하게 피어나고 있는 봄 풍경 앞에 오히려 차분하게 가라앉는다. 봄을 눈으로 보는 것이 아니라 가슴으로 맞이하는 것이다. "묻어둔 이야기/ 차마 열지 못"한 채 "하이얀 동백꽃에게/ 내 맘을/ 다 주었습니다." 봄에는 마음을 주는 대상이 사랑하는 이가 아니라 꽃이 될 수 있는 게 바로 시심일 것이다. 봄은 시인 에게는 명상을 통해 내면을 들여다보는 계절인 것이다.

　은빛 물결 위로 바람이 지나는
　춘삼월 아련한 한나절

　그리움도 향기로
　승화된 순간

　인동초 꽃향기에
　마음을 적신다.　　　　　　　－〈인동초차를 마시며〉 일부

　인용한 시 '인동초차를 마시며'에서도 시인은 내면을 들여다 보고 있다. 봄이라는 변화무쌍(變化無雙)한 계절에 차라리 시인은 고요함 속으로 가라앉고 있는 것이다. 　그리하여 "그리움도 향기로/ 승화된 순간"을 맞을 수 있게 되고 마침내 "인동초 꽃향기에/ 마음을 적시"는 물아일체(物我一體)의 경지가 되는 것이다.

　나른한 봄날
　뒷집 새댁 호미 들고

나물 캐러 갔네

순희네 할배
무덤 뒤에 피어오르는
자운영 향기

한나절 무심한
뻐꾸기는 우는데
뒷집 새댁 보이질 않네.
　　　　　　　　　　　　－〈뻐꾸기만 울더라〉 전문

　이기원 시인의 〈뻐꾸기만 울더라〉를 읽으면 문득 박목월의 시, 〈윤사월〉이 떠오른다.

　　송홧가루 날리는/ 외딴 봉우리// 윤사월 해 길다/ 꾀꼬리 울면// 산지기 외딴집/ 눈먼 처녀사// 문설주에 귀대이고/ 엿듣고 있다

　시대를 달리하지만 두 시인 작품의 시적 분위기가 매우 흡사하다. 뻐꾸기, 꾀꼬리 울음을 통한 청각적 이미지가 그러하고 뒷집 새댁과 눈먼 처녀의 등장이 그러하다. '나른한 봄날'과 '해 길다'가 그러하다. 짐작건대 시인의 관심은 그제나 이제나 화려함보다 소외된 풍경, 그늘진 풍경에 있는 것이 이런 비슷한 분위기를 연출하지 않았을까.

〈뻐꾸기만 울더라〉에서 보여주는 봄에 대한 시각이 특이하다. 일반적인 시각 즉 봄을 생명, 삶, 희망 쪽에서 보는 것이 아니라 "순희네 할배/ 무덤 뒤에 피어오르는/ 자운영 향기"와 같이 오히려 '죽음'을 조명하고 있는 것이다. 마지막 연에서도 "한 나절 무심한/ 뻐꾸기는 우는데/ 뒷집 새댁 보이질 않네"라고 하여 소멸, 사라짐에 관심을 가지고 있는 것이 특이하다. 물론 이 부분은 5, 60년대 우리 농촌 현실의 한 어두운 구석을 반영한 듯하지만.

3. 꽃에 대한 명상의 시

달빛 교교한 밤
하얀 눈꽃으로 핀
개망초 꽃 속에
한 마리 흰 나비로 쉽니다

금잔화 노란 꽃
한 아름 안고 오시는
님이시여
개망초 꽃숲 지나실 때
기다리다 잠든 나비
무심히 지나지 마소서.

– 〈개망초꽃〉 전문

꽃은 많은 시인들이 예로부터 시의 대상으로 삼았다. 아마 시인들이 즐겨 다루는 소재 중 하나일 것이다. 이기원 시인 역시 꽃을 통해 인간상을 노래하고 있다. 즉 꽃에서 인간과 삶을 발견하고 있는 것이다. 인용한 시 '개망초꽃'에서 "달빛 교교한 밤/ 하얀 눈꽃으로 핀/ 개망초 꽃 속에/ 한 마리 흰 나비로 쉽니다"로 노래하고 있다. '달빛'과 '하얀 눈꽃으로 핀 개망초꽃'과 '흰 나비', 우선 색채가 빚어내는 정적이면서 제의적(祭儀的) 분위기가 간절하면서도 애틋하다. 시적 변용도 이 짧은 시에서 다양하게 보여주고 있다. '나'가 '흰 나비'로 '달빛'이 '금잔화 노란 꽃 한 아름 안고 오시는/ 님'으로 변용되고 있는 것이 그것이다. 달에게 간구(懇求)하고 있는 시적화자의 애절함이 마지막 연, "개망초 꽃숲 지나실 때/ 기다리다 잠든 나비/ 무심히 지나지 마소서"로 나타나고 있다.

장독대 뒤편
붉은 기다림으로 뜨락 구석 자리
있는 듯 없는 듯
피어있는 꽃
몹시 체한 듯
가슴 한복판이 아파지는 꽃
잊었던 얼굴들을
생각나게 하는 꽃

가슴에 묻어둔
첫사랑같이 애틋하고
그리움이 뭉게구름처럼
피어오르게 하는 꽃

하이얀 첫눈이 내리는 날을
기다리게 하는 꽃
나의 열 손가락에
텃밭을 만들어
오늘은 꽃을 피웁니다.
                        –〈봉선화〉 부분

시인은 시, 〈봉선화〉를 통해 자화상을 그리고 있는 듯하다.
"장독대 뒤편/ 붉은 기다림으로 뜨락 구석 자리/ 있는 듯 없는
듯/ 피어있는 꽃" 그의 위치는 언제나 '장독대 뒤편'이다. 스스
로 여성임과 고전적이면서 전형적인 아내로서 그림자 같은 존
재였음을 암시하고 있다. 그렇지만 "가슴 한복판이 아파지는
꽃"으로 꿈과 사랑과 그리움을 가진 자존적 존재였음을 말하
고 있는 것이다. 마침내 "하이얀 첫눈이 내리는 날을" 기다려
"나의 열 손가락에/ 텃밭을 만들어/ 오늘은 꽃을 피웁니다."
라며 노래했다.

그리움으로 애달픈
한 나절

툭 투욱 툭
쏟아내는 각혈

님 아
사랑이란다

아프도록
서러운
사랑이란다.

– 〈동백꽃〉 전문

시, 〈동백꽃〉은 감정이입 기법을 통해 '사랑'을 절절하게 노
래하고 있다. "그리움으로 애달픈/ 한 나절", 이 구절에서 감
정의 과잉 노출이라는 지적을 할 수도 있겠지만 이어지는 연
"툭 투욱 툭/ 쏟아내는 각혈"이 그런 약점을 제대로 보완하고
있어 그 울림이 선명하다. "님 아/ 사랑이란다// 아프도록/
서러운/ 사랑이란다." 3연, 4연도 "툭 투욱 툭/ 쏟아내는 각
혈"과 잘 맞물려 있다.

사랑은 절실하다. 그 사랑이 순수하면 순수할수록 절실함은
극으로 치닫는 것이다. 그것이 '꽃'으로 나타나는 것이 아닐까.

허한 마음에 길을 나서면
초록 향기 안개로 감기어 오고

계곡 물소리도 초록이다

좋아서 너무 좋아서
산길을 끝없이 걷다 보면
풀숲 깊숙이 숨어서 피어있는
그대를 닮은 으아리꽃이 좋다

아니다
으아리꽃을 닮은 그대가 좋다

순백의 순수만이 공존하는
들키고 싶지 않은
혼자만의 사랑

으아리꽃 같은 사람아
내게 있어

그대가 꽃이라서 나는 좋다
참 좋다.
–〈그대가 꽃이라서 좋다〉 전문

인용한 시, 〈그대가 꽃이라서 좋다〉는 표제시이기도 하다.
이 시의 중심 소재 으아리꽃은 "산길을 끝없이 걷다보면/ 풀숲
깊숙이 숨어서 피어있는" 꽃임을 알 수 있겠다. 사람 눈에 잘
띄지 않는 꽃인 것 같다. 눈에 잘 띄지 않는 것은 원래 자리

잡은 곳이 외진 곳이라서 그럴 수도 있겠지만 스스로 숨어버린 경우도 있다. 식물인 꽃이 자신의 의지로 숨을 수 없겠지만 이 시의 으아리꽃은 스스로의 의지로 숨은 것으로 시인은 재해석하고 있다. "그대를 닮은 으아리꽃이 좋다// 아니다/ 으아리꽃을 닮은 그대가 좋다" 이 부분에서 드러나지 않는, 들키고 싶어 하지 않는 점이 '으아리꽃'을 닮았다라고 하고 있기 때문이다. 이 시에서 '으아리꽃'은 '완전한 순수' 아니면 '절대적 순수'를 상징하고 있다. 시인은 그 경지를 "순백의 순수"라 했다. 순수를 "들키고 싶지 않은/ 혼자만의 사랑"이라 덧붙인다. 시인은 이런 완벽한, 완전한, 순백의 순수한 사랑의 상징으로 '꽃'을 택하고 있는 것 같다.

4. 일상에서 찾아가는 행복의 시학

앞으로 걸어가도
그 자리입니다
뒤로 돌아가도
그 자리입니다

모나지 아니한
그대 마음
내 마음입니다

그곳엔 태양도
달빛도 별빛도
예쁜 꽃 새소리 물소리
바람 소리
하늘 구름 다 있습니다

돌아가도 돌아와도
그 자리입니다.

—〈동그라미〉 전문

　이기원의 시심의 텃밭은 자연이다. 당연히 자연에서 시적 대상을 찾는다. 주제 역시 자연의 섭리에서 찾거나 모색한다. 삶의 원리도 자연에서 발견하고 재해석하는 것이다. 이런 시적 자세가 잘 드러나고 있는 시가 '동그라미'다. 동그라미는 각이 없다. 각이 없으므로 대립이 아닌 동행이다. 동그라미의 동력은 직진이 아니다. 원이다. 상대를 배격하거나 파괴하지 않는다. 품는 것이다.

　"앞으로 걸어가도/ 그 자리입니다/ 뒤로 돌아가도/ 그 자리"를 맴돌지만 다른 세계를 받아들이고 자신과 융화시켜 원을 그려 하나의 세계를 이룬다. "모나지 아니한/ 그대 마음/ 내 마음입니다" '그대 마음' 즉 '동그라미'의 세계가 바로 내 마음이라고 확인한다. 그리고 시인은 그 '동그라미' 안에 "그곳엔 태양도/ 달빛도 별빛도/ 예쁜 꽃 새소리 물소리/ 바람 소리/하늘 구름 다" 조화를 이루면 살 수 있다고 노래한다.

동그라미 삶의 원리가 행복과 평화와 사랑의 세계로 이어진 다고 믿는 것이다.

아하~
이것이 행복이구나
배불리 먹고
무념으로 따뜻한 아랫목에
뒹굴뒹굴

서방은 돈 벌러 가고
새끼들 짝 지워
분가하고
손자 손녀들
포도송이처럼
송알송알 열매 달고

아하 그렇구나
이 무료한 시간이
행복이었구나

온갖 잡생각 지우고
저녁 밥상에
닭볶음탕이나 만들까

서방님 돌아오면
닭볶음탕 안주 삼아
쓴 소주라도 한잔할까

아하~
이것이 행복이구나.

-〈이것이 행복이구나〉 전문

자연에서 찾은 동그라미적인 삶의 근간은 탐하지 않는 것이
리라. 탐욕과 배신과 갈등과 대립으로 얼룩진 도시적 삶과는
다른 삶이 아니겠는가. 속도 경쟁으로 앞서나가는 것이 아니
라 나란히, 천천히 서로를 돌아보며 혹은 자기 궤적을 살펴보
며 원(자기세계)을 그리는 것이 아니겠는가.

그러기 위해 삶의 자세를 바꾸지 않으면 안 된다. 시인은
"배불리 먹고/ 무념으로 따땃한 아랫목에/ 뒹굴뒹굴" 하며 생
활하는 것을 행복이라 했다. 먹는 것, 거주하는 것을 해결한
뒤 '무념' 즉 생각하지 않는 상태를 말한다. '무념'은 없을 무
(無), 생각할 념(念) 글자 그대로 '생각이 없는' 경지를 이르는
것 같다. '생각은 곧 '번뇌'와 이어지게 되어 있으니 생각 그
자체에서 자유로이 된다는 의미로 읽힌다. 그리고 '뒹굴뒹굴'
거리며 생활하는 것을 행복이라 하고 있다. 도시적 삶이 아니
라 느림의 삶, 이른바 '자연인의 삶'을 말하는 듯하다. 나아가

서 "이 무료한 시간이/ 행복"임을 깨닫는다. "서방님 돌아오면/ 닭볶음탕 안주 삼아/ 쓴 소주라도 한 잔" 한다면 그것이 '행복'이라 노래하는 시인이 바로 이기원이다.

이기원 시인은 자연으로 귀환을 꿈꾸고 있다. 자연 회귀를 통해 현대인이 상실한 인간성을 되찾을 수 있으며 본성에 숨어있는 사랑의 부활로 생명과 평화를 얻을 수 있다고 노래하고 있다. 그의 시심은 흙과 숲 그리고 보이지 않는 생명을 가진 모든 것에 닿아 있다.